Chemins vers les Ancêtres

M.R. Cain

Un livre de Storyshares

Facile à lire. Difficile à lâcher.

storyshares.org

Storyshares
Rêvant d'une nouvelle étagère dans la bibliothèque mondiale

storyshares.org
PHILADELPHIE, PA

ISBN # 9798885974363

storyshares.org

Sommaire

Chapitre 1: Poser des questions   5

Chapitre 2: Le Démon   7

Chapitre 3: Le Tournant   13

Chapitre 4: Un Allié Inattendu   17

Chapitre 5: Apprendre à Faire Confiance   19

Chapitre 6: Trouver des Réponses   25

À propos de l'auteur   27

Chapitre 1: Poser des Questions

Jessie Lascaux gara son camion sous l'ombre d'un grand sapin. Elle éteignit le moteur, et le bruit s'évanouit. Elle resta immobile quelques instants, appréciant le silence soudain.

Dans le rétroviseur, elle voyait la lueur bleutée de ses cheveux noirs. Ses yeux étaient gris. On lui disait souvent que son visage avait quelque chose de l'aigle.

Elle ne verrouilla pas le camion en sortant. Il n'y avait jamais personne ici. Elle suivit la route jusqu'au cimetière au sommet de la colline. Les tombes étaient envahies par les mauvaises herbes.

Elle trouva les tombes qu'elle cherchait et arracha les mauvaises herbes. Sous la chaleur de l'été, Jessie essuya la sueur de son visage avec la manche de sa chemise. Puis elle alluma une bougie et déposa des roses sauvages sur les tombes.

Elle connaissait bien la plupart des tombes. C'étaient ses ancêtres: une longue lignée de noms anglais, français et amérindiens. Pourtant, il y avait deux pierres tombales au tout début de la lignée dont elle ne savait rien. La date était effacée par le temps, mais les noms étaient encore lisibles: Kimi et Pierre Lascaux.

Chapitre 2: Le Démon

Kimi avançait à travers les buissons, un vieux fusil entre les mains. Elle se déplaçait sans bruit dans ses vêtements en cuir. Quelques instants seulement s'étaient écoulés depuis qu'elle avait entendu les premiers cris. Elle aperçut une clairière à travers les arbres sombres. Au loin, la rivière coulait rapidement.

Au milieu de la clairière ensoleillée, deux formes se débattaient. L'une était noire, trapue et couverte de fourrure. Elle grognait et rugissait. L'autre forme était claire, grande et élancée. C'était un homme! Et il criait.

Kimi ne voulait pas tirer sur l'homme, alors elle visa à côté exprès. Il y eut un grand bruit, et de la fumée jaillit du canon du fusil. L'ours recula, terrifié, et s'enfuit vers les arbres. Elle visa à nouveau, mais l'animal était trop rapide.

Ses oreilles bourdonnaient. Ses narines étaient remplies de l'odeur de la poudre à canon. L'homme était allongé sur l'herbe, gémissant doucement. Une de ses jambes était noire de sang.

Kimi réalisa qu'il portait un jean, des bottes et une chemise bleu clair. L'importance de ce qu'elle avait fait la submergea soudainement. Le visage de l'homme était pâle et couvert de taches de rousseur. Ses yeux étaient gris. Elle avait sauvé un homme blanc. Un meurtrier. Un ennemi.

Heureusement, il n'y avait pas de temps pour réfléchir. L'homme saignait rapidement. Il fallait agir. Kimi saisit sa jambe au-dessus du genou et appuya. L'homme cria fortement. Elle lui banda la jambe avec un foulard.

Des gouttes de sueur apparurent sur son front. Pourtant, il dit: "Merci."

Kimi connaissait un peu l'anglais, mais la façon dont cet homme le parlait était différente.

"Ton nom?" demanda-t-elle.

"Pierre," dit l'homme. Le "r" venait du fond de sa gorge.

"Je suis Kimi. Tiens, prends ma main."

Elle l'aida à se lever.

"Ouf," gémit-elle. L'homme était deux têtes plus grand que Kimi et très lourd. Elle passa son bras autour de son cou et l'aida à boiter vers les arbres.

"Non," dit-il. "L'autre côté."

"Où est ton camp?" demanda-t-elle. "Je ne peux pas y aller. Ils me tueront."

"Non," répondit-il. "Pas de camp. Bateau. La rivière… C'était trop rapide. Je me suis écrasé là," expliqua-t-il en anglais hésitant. "Les hommes m'ont laissé là. Ils ont pris mes affaires. Ils ont dit que si je venais à pied, ils me rendraient mes affaires. Je savais qu'ils mentaient. Je les ai entendus parler. Ils m'ont appelé 'vermine française'."

"Il y avait une guerre dans l'ancien pays. Alors ils ne m'aiment pas. Même ici. Pas de nouvelle vie pour Pierre. Pas de nouveau départ. Les Français tuent les familles anglaises. Ou peut-être l'inverse. Alors maintenant ils se haïssent, pour toujours."

Kimi comprenait seulement la moitié de ses paroles. Elle savait qui étaient les Français et les Anglais. Mais la guerre dans l'ancien pays? Elle ne savait pas de quoi il parlait.

Il était clair qu'il n'avait nulle part où aller, et sa jambe était en mauvais état. Il n'irait pas loin. Elle fit la seule chose à laquelle elle pouvait penser: elle l'emmena chez elle.

"Et l'ours?" demanda-t-elle alors qu'ils titubaient à travers les bois.

"Je venais de la rivière, et je suis tombé sur l'ours. Je pense que l'ours était surpris et effrayé, comme moi. J'espérais qu'il fuirait, mais au lieu de cela, il a attaqué. Ses griffes m'ont coupé, mais j'ai combattu. Et puis j'ai entendu un coup de feu."

Ils arrivèrent dans une petite clairière dans les collines. Il y avait deux huttes dans la clairière. Le reste de la tribu avait déjà migré dans les montagnes, depuis que les trappeurs et les mineurs blancs avaient commencé à envahir la région. Le grand-père de Kimi, Mingan, était trop vieux pour faire le voyage. Elle restait avec lui. Il y a des années, il lui avait appris à chasser et à cueillir. Maintenant, elle pourvoyait à leurs besoins.

"Qu'est-ce que tu as fait?" demanda Mingan en les voyant arriver, ses yeux grands ouverts de peur. Il tenait une hache dans sa main.

"Rien," répondit Kimi. Ils parlaient dans leur langue maternelle, et Pierre ne les comprenait pas. "Il a été attaqué par un ours."

"Que t'ai-je dit des centaines de fois? Si tu vois un démon blanc, tu cours dans la direction opposée aussi vite que possible."

Et pourtant, il aida Kimi à déposer doucement Pierre par terre.

"Fais ce que tu veux avec lui," dit Kimi avec colère. "S'il est si mauvais, tu n'auras aucun problème à t'en débarrasser."

Elle tourna le dos et partit en trombe. Elle ne savait pas si elle était plus en colère contre elle-même ou contre Mingan. Elle aurait dû laisser l'ours en finir avec lui, pensa-t-elle. Ainsi, ni elle ni Mingan n'auraient à le tuer.

Chapitre 3: Le Tournant

L'homme blanc traversa une mauvaise fièvre. Il se tourmentait dans des rêves fébriles. Il criait dans une langue inconnue. Mingan observait son corps tremblant avec anxiété. Mingan attendait que la fièvre tue l'homme blanc. Mais au lieu de cela, l'homme blanc guérit.

"Nous ne pouvons pas le tuer," dit-il à Kimi au troisième jour. "Les esprits ont décidé de le mettre sous ta garde. Nous allons aider le démon et prier pour qu'il ne nous fasse pas de mal."

Kimi sourit. Le soir, Pierre était assez bien pour boire de la soupe. En une semaine, il était à nouveau joyeux. Il chantait fort en français et boitait d'arbre en arbre. Il essayait d'aider Mingan, qui le regardait avec peur et méfiance. Pour le plus grand plaisir de Pierre, Kimi lui apprit quelques mots de leur langue.

"Que fait-il?" se plaignait Mingan à Kimi. "Il devrait construire un canoë pour retourner là d'où il vient. Au lieu de cela, il choisit de rester ici et de m'ennuyer."

"Je ne pense pas qu'il ait nulle part où aller," répondit Kimi. "Je pense qu'il essaie d'aider parce qu'il a honte d'être un fardeau."

En deux semaines, la jambe de l'homme était presque guérie.

"Je pense que je peux maintenant faire le voyage de retour," dit-il à Kimi dans un mélange d'anglais et de leur langue maternelle. Kimi regarda ses yeux gris sérieux et vit qu'il était sincère. Le lendemain matin, elle se leva tôt et l'aida à préparer son voyage.

Alors que le soleil se levait, Pierre se

retourna une fois de plus vers eux.

"Merci," dit-il. "Vous êtes des amis pour Pierre plus que vous ne le savez. Vous m'avez aidé plus que quiconque dans le monde des blancs. Je ne l'oublierai jamais."

Alors qu'il se retournait pour partir, Mingan s'effondra soudainement.

"Il y a une terrible faiblesse dans mon corps," dit Mingan, haletant.

Pierre jeta son sac à terre et courut pour aider Kimi. Ensemble, ils portèrent Mingan dans la hutte.

Dans les jours qui suivirent, il devint clair qu'il n'y avait aucun moyen pour Pierre de partir. Un côté du corps de Mingan était paralysé. Pierre, maintenant presque guéri, était un homme fort et pouvait facilement porter Mingan.

"Je suis guéri maintenant," dit-il à Kimi. "Je vais fabriquer des pièges. Tu verras, Pierre est un bon trappeur. Beaucoup de nourriture et de fourrure."

"Il a raison," dit Mingan. Il parlait avec difficulté. "Nous avons besoin de lui maintenant. Il doit rembourser sa dette. Tu l'as aidé avant, et maintenant il peut nous aider," dit Mingan à Kimi.

Kimi remarqua que Mingan n'appelait plus Pierre un démon.

Chapitre 4: Un Allié Inattendu

Après la guérison de la jambe de Pierre, il abattit des arbres dans la forêt et construisit une simple cabane en rondins. Il bourra les trous avec de la mousse, et la cabane devint un endroit sec et chaud.

"L'homme blanc est fou," dit Mingan en secouant la tête. Mais quand les grandes pluies arrivèrent, Mingan se laissa transporter à l'intérieur sans protester.

Un mois plus tard, Mingan mourut. Un matin, Pierre trouva la cabane vide. Cela lui parut étrange, car Mingan ne pouvait pas marcher seul. Kimi trouva Mingan assis en tailleur sous un grand sapin. Le visage de Mingan était calme. Il était mort.

Kimi ne pleura pas. Pierre creusa une tombe profonde dans une prairie, et Kimi roula le corps de Mingan dans une grande bande d'écorce. Ils mirent l'arc de Mingan dans la tombe avec lui. Puis Pierre remplit la tombe de terre. Kimi chanta le chant funéraire, tandis que Pierre restait respectueusement à côté.

"Vas-tu partir dans les montagnes pour retrouver ton peuple maintenant? Rien ne te retient ici," dit Pierre le lendemain.

"Je ne sais pas encore," répondit Kimi. "J'ai besoin de temps pour réfléchir."

Chapitre 5:
Apprendre à Faire Confiance

Un jour, Kimi et Pierre préparaient une peau d'animal ensemble. Kimi demanda: "Que signifie ton nom?"

Pierre sembla confus. "Que veux-tu dire?"

"Eh bien, tous les noms signifient quelque chose. Par exemple, Kimi signifie 'un secret'."

L'homme blanc rit. "Tu m'as bien eue. Mon nom signifie quelque chose: 'un rocher'."

Elle considéra ses yeux gris. "Ça te va bien," dit-elle.

Un air de panique apparut soudainement sur son visage. "Écoute!"

Pierre resta très immobile. "Je n'entends rien," dit-il.

"Des hommes blancs arrivent," chuchota-t-elle.

Pierre entendit maintenant les voix aussi. "Ils doivent venir de la rivière," dit-il.

Elle saisit le fusil, mais Pierre dit: "Ne les attaque pas. Cela finirait mal. Détruis ta hutte et cache-toi dans la cabane. Je m'en occupe . . . d'une façon ou d'une autre."

Dans la cabane, Kimi se cacha derrière la chaise et visa la porte avec son fusil. Elle ne savait pas ce qui allait se passer. Pierre l'avait aidée avant, mais Mingan aurait dit qu'on ne peut jamais vraiment faire confiance à un démon blanc. Elle ne savait pas qui pourrait passer cette porte. Cela pourrait être des étrangers, Pierre, ou les étrangers et Pierre ensemble. Cette pensée la terrifiait.

Tenant la hache dans sa main droite, Pierre fit

face aux hommes. Ils étaient trois, chacun armé d'un fusil. Ils regardèrent la peau et les outils laissés par terre.

"Eh bien, regardez ce que nous avons trouvé," dit l'un d'eux en anglais. Il portait un chapeau de style européen.

"Pourquoi êtes-vous ici?" demanda Pierre. Il ne fit aucun effort pour cacher son mécontentement dans sa voix.

"On pourrait vous poser la même question," répondit l'homme.

"Tu ne vas pas nous inviter à entrer, mec?" demanda le deuxième homme. Il était brûlé par le soleil et avait le visage rouge.

"Non. Des gens comme vous font fuir les animaux. Et après, je meurs de faim," dit Pierre.

"Tu es un trappeur?"

"Oui," répondit Pierre, en pointant la peau avec la hache.

"Tu as de la chance?"

"Pas vraiment."

"Pas de mine ici, hein?" remarqua l'homme avec le chapeau.

"Non. Plus loin en amont," répondit Pierre. "S'il vous plaît, partez maintenant."

"Eh bien, d'accord," répondit l'homme avec le chapeau. "Mais tu devrais faire attention. J'ai entendu dire qu'il y a un camp de sauvages quelque part par ici."

"Ils sont tous partis depuis longtemps. Exterminés."

"Tu es sûr?" demanda le troisième homme. "Je n'ai jamais vu de tels outils de dépeçage avant."

"Je les ai faits moi-même. Allez maintenant. Ne gâchez pas ma chance."

L'homme avec le chapeau leva les mains en signe de reddition. Alors qu'ils partaient, Pierre les suivit silencieusement à travers les broussailles. Il pouvait à peine les voir à travers le fourré, mais leurs voix portaient bien.

"Quel homme sauvage," dit l'un d'eux.

"Il a dû devenir fou de solitude. Je suis sûr que personne ne le regretterait."

"Il est plus ennuyeux qu'il n'en vaut la peine," dit l'homme avec le chapeau. "As-tu vu ses vêtements? Ils étaient en lambeaux. Il n'a rien."

Pierre poussa un soupir de soulagement et retourna à la cabane. Il frappa doucement à la porte. Il ne voulait pas se faire exploser la tête. Il était certain que Kimi était bien plus dangereuse avec le fusil qu'il ne pourrait jamais l'être.

"C'est moi," cria-t-il.

"Es-tu seul?" demanda-t-elle.

"Oui," répondit-il et poussa la porte. Il fixait droit dans les canons du fusil de Kimi. Elle baissa lentement le fusil.

"Peux-tu être sûr qu'ils ne reviendront pas?" demanda-t-elle.

"Oui. Ils pensent que je n'ai rien de valeur."

"J'ai entendu ce que tu leur as dit dehors," dit-elle.

"Je suis content," dit-il. Il y avait un soupçon d'amertume dans sa voix. "Je sais que tu ne me fais pas confiance. Mais je comprends."

Kimi saisit la main de Pierre. La chaleur soudaine de ses doigts le surprit.

"Ton peuple ne m'acceptera jamais," dit-il doucement.

"Peut-être pas," répondit-elle. "Mais moi, je t'accepte."

En silence, ils regardèrent le soleil parcourir le ciel.

Chapitre 6: Trouver des Réponses

En regardant la pierre tombale, Jessie réalisa que la réponse pourrait se trouver là. La réponse au fait qu'elle n'avait jamais l'impression d'appartenir nulle part.

"Le temps essaie d'effacer tous nos noms," pensa-t-elle. "La seule chose qui peut l'arrêter, c'est ma persistance. La persistance à poser des questions, la persistance à découvrir."

Elle n'avait jamais pris la peine d'apprendre quoi que ce soit sur Kimi et Pierre Lascaux, mais tout cela allait changer. Quelqu'un quelque part devait savoir quelque chose sur eux. Tout ce qui manquait, c'était son effort. Elle trouverait leurs histoires, et elle se trouverait elle-même.

À propos de l'auteur

M.R. Cain est un écrivain européen. Il est l'auteur de plusieurs romans dans plusieurs langues, dont le roman historique "The Wolf". Actuellement, il vit dans les Balkans. Il aime écrire dans des cafés miteux et regarder des combats de boxe avec une bière bien fraîche à la main.